Howard B. Labougeotte apprend à écouter

Howard Binkow

Illustrations de

Susan F. Cornelison

Texte français de Marie-Andrée Clermont

Éditions SCHOLASTIC

Texte de Howard Binkow
Illustrations de Susan F. Cornelison
Conception graphique de Tobi S. Cunningham

Remerciements

Ce livre est le résultat d'une collaboration avec Sue Cornelison (qui a traduit ce que j'avais à dire en une histoire magnifiquement illustrée), Karen Binkow et Tobi Cunningham.

Je tiens à remercier toutes les personnes qui ont révisé les versions préliminaires du texte avant la publication. Plusieurs de leurs suggestions ont été intégrées au livre, ce qui l'a grandement amélioré.

Jodi Allen, Maxine Arno, Dre Victoria Barnes, Charley Binkow, Martie Rose Binkow, Nancey Silvers Binkow, Sam Binkow, Kathy Breighner, Julie Cahalan, Pre Jacqueline Edmondson, Ann Faraone, Joan Fenton, Julie Kasen, George Kaufman, Joan Leader, William Roach, Ana Rowe, Pre Elizabeth Sulzby, Karma Tensum, Sandy Walor, ainsi que les enseignants et les élèves des écoles suivantes :

Calusa Elementary, Boca Raton, Floride
Coconut Creek Elementary School, Coconut Creek, Floride
John Quincy Adams Elementary, Dallas, Texas
Sherman Oaks Elementary, Sherman Oaks, Californie
PS 81 et PS 279 Bronx, New York
Interstate 35 Elementary, Truro, Iowa
VAB Highland Oaks Elementary, Miami, Floride
Mrs Alexander School, Beverly, Massachusetts
Mountain Laurel Waldorf School, New Paltz, New York
Orchard Place, Des Moines, Iowa

Catalogage avant publication de Bibliothèque et Archives Canada

Binkow, Howard

Howard B. Labougeotte apprend à écouter / Howard Binkow ; illustrations de Susan F. Cornelison ; texte français de Marie-Andrée Clermont.

Traduction de: Howard B. Wigglebottom learns to listen.
Pour les 3-6 ans.

ISBN 978-1-4431-0171-4

I. Cornelison, Sue II. Clermont, Marie-Andrée III. Titre.

PZ23.B534Ho 2010 j813'.6 C2009-907243-2

Édition publiée par les Éditions Scholastic, 604, rue King Ouest, Toronto (Ontario) M5V 1E1, avec la permission de Thunderbolt Publishing.

5 4 3 2 1 Imprimé en Singapour CP144 10 11 12 13 14

J'ai lu ce livre

☐ une fois

☐ deux fois

☐ un grand nombre de fois

Ce livre appartient à

____

Je te présente Howard B. Labougeotte.
Howard a toujours des ennuis à l'école.
Pourquoi? Eh bien... c'est simple :
il n'écoute pas.

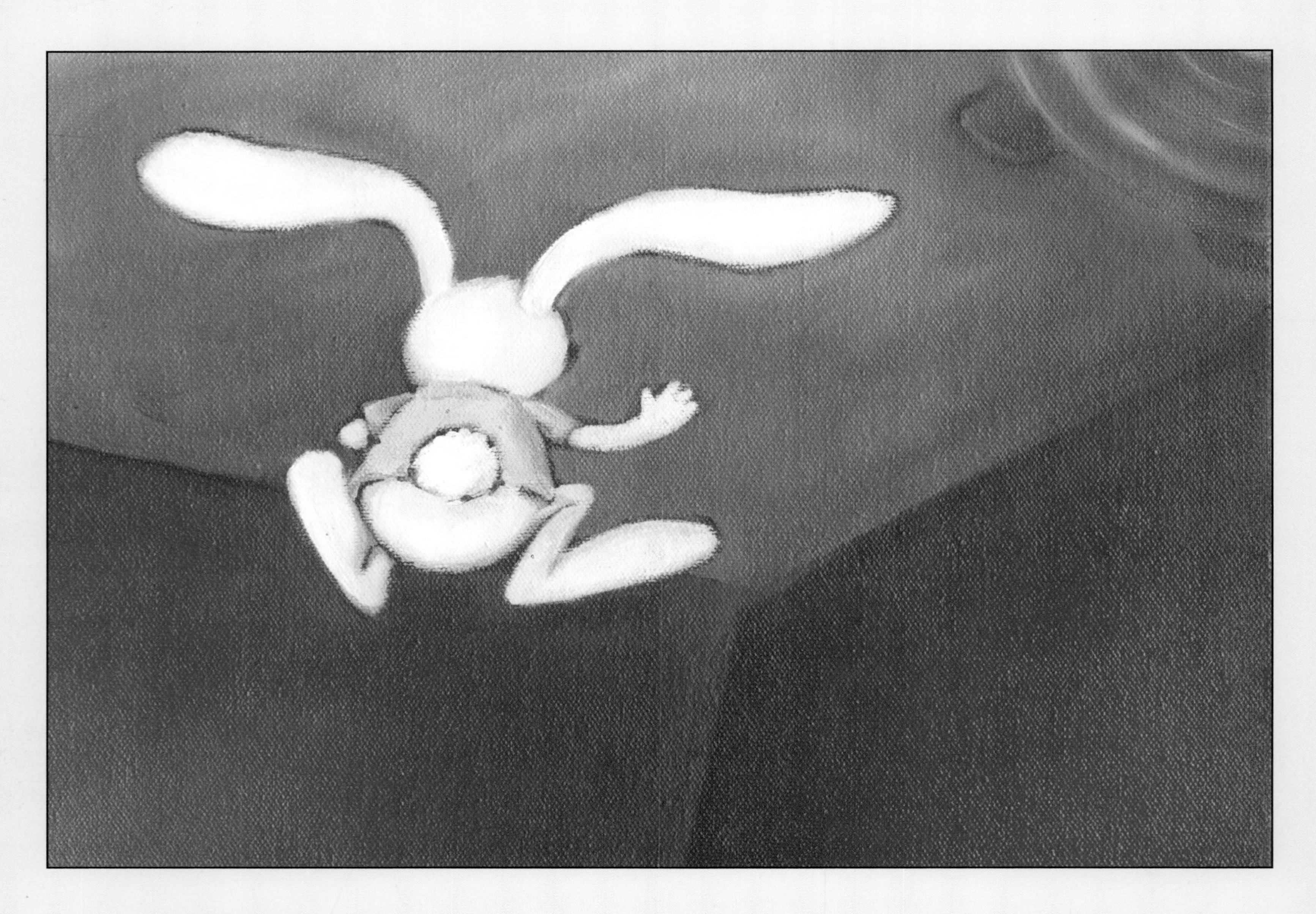

Pendant l'heure du conte, au lieu d'écouter sagement,
Howard gambade à travers la salle de classe.

Mais Howard n'écoute pas.

Howard B. Labougeotte,
tu sautes trop près
du ventilateur!

Mais Howard n'écoute pas.

Au dîner, ses amis essaient de le prévenir.

Mais Howard n'écoute pas.

Après le dîner, l'amie d'Howard essaie de lui dire quelque chose d'important.

Mais Howard n'écoute pas.

Sur le terrain de jeu, les coéquipiers d'Howard
essaient de l'aider.

Mais Howard n'écoute pas.

Dans la classe d'arts plastiques, l'enseignante conseille :
– Les enfants, peignez SUR votre feuille à dessin.

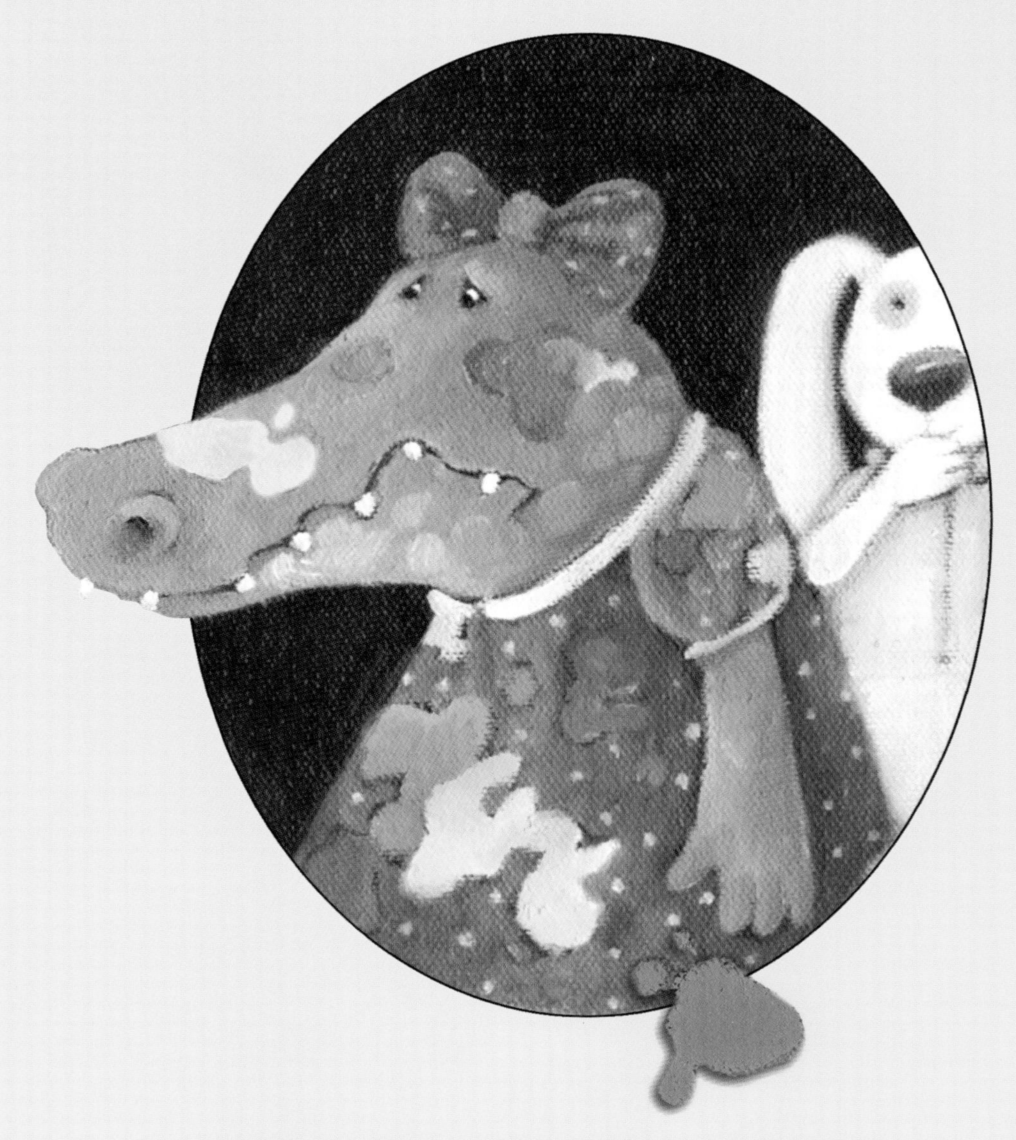

Mais Howard n'écoute pas.

Alors, l'enseignante l'envoie réfléchir un petit moment sur la chaise.

Howard se sent triste. Il n’aime pas être tout seul et avoir des ennuis.
Il pense à sa journée et réfléchit très fort.

Howard prend une décision : à partir de maintenant, il fera tout son possible pour bien écouter.

Le lendemain, à l'heure du conte, Howard écoute
DE TOUTES SES OREILLES.

Il attend que ce soit son tour de parler et pose alors une question à propos du conte.

Howard
reçoit
l'Étoile d'honneur
**parce
qu'il a
vraiment
bien écouté.**

En rentrant à la maison, Howard se sert à la fois
de ses oreilles et de ses yeux pour rester en sécurité.
Il écoute vraiment bien.

Arrivé à la maison, Howard écoute sa maman.

Howard écoute vraiment bien.

Ainsi, Howard a la permission de jouer plus longtemps dehors et il a bien du plaisir.

Howard B. Labougeotte écoute vraiment bien…

1

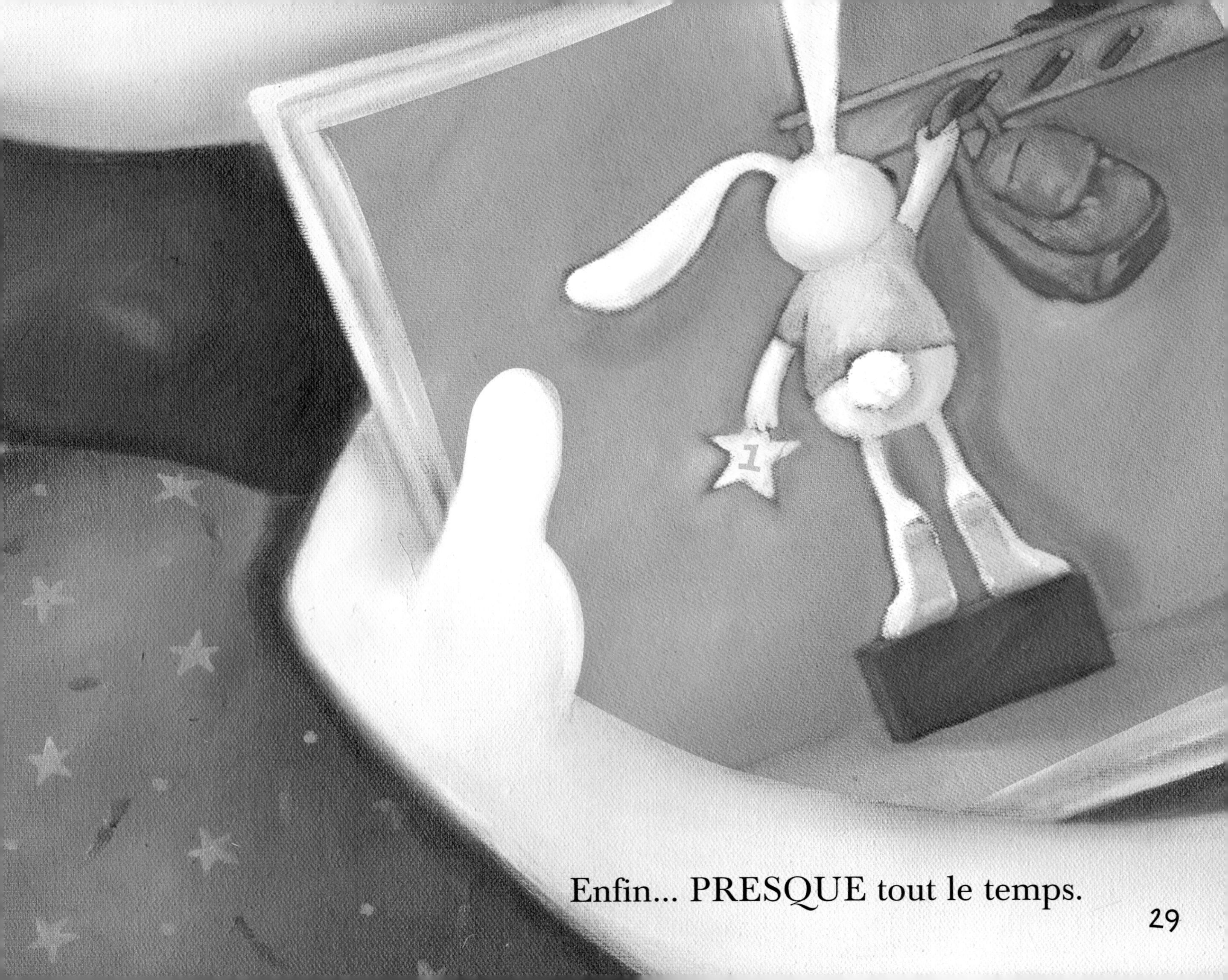

Enfin... PRESQUE tout le temps.

La leçon d'aujourd'hui

QUELQUES TRUCS POUR BIEN ÉCOUTER

1. Assieds-toi sagement.
2. Ouvre les oreilles, et aussi les yeux : ça va t'aider à mieux écouter.
3. S'il te plaît, n'interromps pas les autres. Attends que ce soit ton tour pour parler.
4. Fais de ton mieux pour bien comprendre la personne qui parle.
5. Pose des questions si tu ne comprends pas.
6. Rappelle-toi les règles et les consignes.
7. Tu dois faire attention, c'est-à-dire être vigilant et vraiment savoir ce qui se passe autour de toi.

Pourquoi il est important d'écouter

Page 4 ★ Qu'as-tu appris sur le fait d'écouter grâce à Howard B. Labougeotte?

★ Quels ennuis as-tu déjà eus pour ne pas avoir bien écouté? Comment te sentais-tu?

Page 7 ★ À ton avis, qu'est-ce que les autres élèves pensent d'Howard quand il gambade partout et qu'il n'écoute pas l'enseignante?

★ Quand trouves-tu qu'il est difficile de s'asseoir sagement et d'écouter?

Page 9 ★ À ton avis, comment Howard se sent-il quand il se prend les oreilles dans les hélices du ventilateur?

Page 11 ★ Pense à d'autres fois où il est important de se servir de ses yeux et de ses oreilles pour écouter. Quand, par exemple?

Page 13 ★ Howard fait-il de son mieux pour écouter et comprendre son amie?

★ À ton avis, que ressent l'amie d'Howard quand elle ne peut finir de lui parler?

Page 15 ★ Faire attention veut dire être vigilant et savoir ce qui se passe autour de soi.

★ Est-ce qu'Howard fait attention?

★ Qu'est-ce qui pourrait arriver si tu ne fais pas attention?

Page 17 ★ Howard est-il respectueux envers son amie?

Page 18 ★ T'es-tu déjà senti comme Howard? Comment te sentais-tu au juste?

Page 19 ★ À ton avis, qu'est-ce que les autres élèves pensaient d'Howard avant qu'il décide de mieux écouter?

★ As-tu des suggestions qui pourraient aider Howard à mieux écouter?

Page 21 ★ À ton avis, qu'est-ce que les autres élèves pensent d'Howard maintenant qu'il a décidé de mieux écouter?

★ Si tu ne comprends pas, attends-tu que ce soit ton tour de parler pour poser des questions?

Page 22 ★ Quand est-ce facile pour toi de bien écouter?

Page 23 ★ Peux-tu penser à d'autres moments où il est important de respecter les consignes et d'ouvrir les yeux et les oreilles pour rester en sécurité?

Page 25 ★ Pourquoi est-ce important de mieux écouter, à la maison et à l'école?

Page 27 ★ À ton avis, comment Howard se sent-il maintenant qu'il écoute mieux?

Page 29 ★ Qu'est-ce qui arriverait si tu écoutais mieux?

Ce livre a reçu le prix
Teachers' Choice for Children's Books en 2008.

Écoute bien : Il se pourrait qu'Howard B. Labougeotte
fasse l'objet d'un livre à paraître plus tard,
sur l'intimidation cette fois.